KB269572

사랑의 끝에서 예술이 깨어나다

사랑의 끝에서 예술이 깨어나다

서준혁
지음

좋은땅

 그 짧은 시간 동안 한 사람의 마음은 예기치 않게 자라났다.

 상대에게는 스쳐 지나간 인연이었지만, 그에게는 그 짧은 시간이 삶의 방향을 바꿀 만큼 깊었다.

 감당할 수 없을 만큼 커진 마음은 시간이 흐르며 차츰 사유(思惟)로 변해 갔다.

 그 감정은 단순한 미련이 아니라, 인간이 왜 사랑을 갈구하고 상실 속에서 어떻게 자신을 탐구하게 되는지에 대한 질문으로 확장되었다.

 사랑이라는 감정이 인간의 본질로 이어지고, 예술이 그 감정을 다시 구원하는 언어가 되었을 때, 비로소 주인공은 사랑

　　　　　　　사랑의 끝에서 예술이 깨어나다

의 끝에서 예술이 깨어나는 순간을 마주한다.

이 책은 결국 한 인간이 '사랑'을 통해 '존재'를 배우는 과정을 담고 있다.

두 사람의 이야기는 사라졌지만, 그 흔적 속에서 인간과 예술, 그리고 삶을 바라보는 하나의 철학이 태어났다.

이 이야기가 누군가에게도 사랑의 끝을 '종말'이 아닌 '깨어남'으로 바라보게 하는 이야기가 되길 바라며, 자신의 인생 속에서도 행복을 새롭게 바라보게 하는 주인공의 시선을 따라와 주길 바란다.

목차

프롤로그

그 메시지를 보기 하루 전까지 나에게는 아무런 징조도 없었다. 무엇보다 나는 개인적으로 정신적으로 흔들릴 만한, 아주 오랜만에 겪는 인생의 실패를 마주하고 있었다. 계획이 전부 무너진 상태였다.

그런 상황에서 오늘은 그래도 만나서 제대로 시작해 보자는 이야기를 나눴고, 만남을 지속하기 위해 조율해야 할 과제들도 있었다. (만난 지 네댓 번밖에 되지 않았다.)

상대방이 충분히 이야기할 의지가 있다고 믿었기에 이별을 전혀 예상하지 못했다.

그러나 며칠 뒤, 나는 그 메시지를 받았다.

"생각 정리하고 계속 너한테 가 보려고 여러 번 고민했고 시간을 두고 생각도 해 봤는데, 여기서 정리해야 할 것 같아. 그동안 나한테 잘해 준 게 많아서 늘 과분했어. 마음 써 준 시간과 배려, 기억날 것 같아. 너무 고마워. 솔직히 말하면 물질적으로나 마음적으로나 너무 잘해 줘서 내가 어떻게 보답해야 할지 모르겠어. 그리고 우리의 진로 방향이 다르다는 생각이 커졌어. 이 부분이 생활방식이나 취향으로 이어지는 지점이라 연애에서 중요한 요소인 것 같아. 정말 좋은 사람이지만 서로 가야 할 길이나 가치관의 방향이 다르다고 생각해. 계속 애매하게 이어 가는 것보다 확실하게 해야 할 것 같아. 당황스럽겠지만, 글로 이야기하는 게 더 전달이 잘 될 것 같아서 보내. 나중에 친구로 볼 수 있으면 종종 보자."

가슴이 찢어진다는 표현은 너무 진부하지만, 그때의 나는 정말 그 말 말고는 설명할 수 없었다. 다만 이상하게, 울음이 나오지 않았다. 눈물이 아니라, 정신 자체가 무너지는 소리가 들렸다. 평소 단단하다고 믿었던 마음이 부서져 내리자

나는 내가 했던 모든 말과 행동을 되짚기 시작했다.

어디서 잘못된 걸까. 나는 언제부터 이 감정의 균형을 잃기 시작한 걸까. 아무리 돌이켜 봐도 뚜렷한 '징조'는 없었다. 돌이켜 보면, 내가 너무 서둘렀던 것 같다. 어쩌면 그토록 바랐던 성향의 사람을 마음에 담게 되자 그 감정의 속도를 조절하지 못했다. 마음이 앞서면 관계는 뒤따르지 못한다는 걸, 그때는 알면서도 따르지 못했다.

처음의 만남들은 그저 조심스러웠다. 서로의 세계를 탐색하듯, 대화는 어딘가 맞닿지만 또 어긋나곤 했다. 그 미묘한 간극 속에서 나는 오히려 가능성을 찾으려 했다. 그래서 매번 만날 때마다 내가 어떤 사람인지, 무엇을 좋아하고 어떤 삶을 살아가는지를 더 열심히 보여 주려 했다.

그러나 이제는 안다. 그 노력은 '함께 가기 위한' 시도라기보다 '잃지 않기 위한' 몸부림이었다는 것을.

그녀가 보낸 신호는 이미 그 속에서 있었지만, 나는 그것을

 사랑의 끝에서 예술이 깨어나다

외면한 채 내가 보고 싶은 부분만 보았다. 그녀의 느림은 차가움이 아니라 간격이었고, 나는 그 간격을 채워야 할 공백으로 오해했다. 결국 불안은 나를 더 즈급하게 만들었고, 그 조급함은 진심마저 무겁게 했다.

이제 와서 생각하면, 그건 사랑의 실패가 아니라 소통의 미숙함이었다. 나는 그때 비로소 배웠다—사람의 마음은 설득이 아니라, 솔직한 대화와 리듬으로 맞춰 가는 것이라는 걸.

그러나 그녀는 끝까지 예의 바르고 따뜻했다. 그래서 더 아팠다. 차라리 냉정했다면 원망이라도 했을 텐데, 그녀는 끝까지 나를 존중했다. 그 존중이 오히려 나를 무너뜨렸다.

그러나 시간이 지나고 보니, 그건 내가 감당할 수 없을 만큼의 순수함과 배려였다는 걸 알게 되었다. 그녀는 나를 상처 입히지 않으려 했고, 나는 그 다정함을 끝내 이별의 징조로만 받아들였다. 지금 생각하면, 그 순간이야말로 사랑이 가진 가장 인간적인 장면이었다.

첫 파문

나는 스스로에게 계속해서 되물었다. 지금 나를 미치게 하는 이 감정이 정말 그녀를 잃은 상실감이 전부일까, 아니면 이미 무너져 있던 정신적인 균열 위에 그녀라는 존재가 단지 덮여 있었던 것뿐일까? 어쩌면 나는 공허함을 견디지 못해 그녀에게 마음의 무게를 전부 떠넘긴 것은 아니었을까.

정답을 말하기 전에, 그다음 날 가장 먼저 떠올랐던 건 원망이 아니라 그녀의 웃음이었다. 그 짧은 순간이 내 안에서 너무 선명하게 박혀 버려, 도무지 사라지지 않았다. 우습게도, 그녀와의 만남은 시간상으로는 내 인생의 큰 사건이 아니었다. 그럼에도 그 이후에 온 공허함의 크기는 인생 최대의 극심한 공허함이었다.

　이건 분명 그녀의 비중이 전부는 아니었다. 나는 단지 내 인생의 후반부를 그려 가며, 그 안에 그녀의 존재를 함께 상상했을 뿐이며 그 모든 게 갑자기 실패로 돌아와서 가중되었을 뿐이다. 소위 '김칫국'을 진하게 들이켜며, 어쩌면 이 사람이 내가 평생 함께할 사람일지도 모른다는 근거 없는 확신에 취해 있었다.

　그러나 나는 평생, 스스로 답을 찾아서 극복해 왔다. 그래서 이런 감정에 무작정 휩쓸리고 싶지 않았다. 온갖 멘탈 관리 기법을 동원했다. 운동을 하며 운동 선생님에게 인생 조언을 들었고, 뜻하지 않게 스스로 했던 여러 가지 방법이 심리 치료 효과도 났다. 그렇게 조금씩 괜찮아지다가도 혼자 있으면 다시 공허함이 가득 찼다. 이 반복이 몇 번이고 이어졌다.

　만날 때는 그리 크지 않던 감정이 언제 이렇게 커져 버렸을까. 아직도 그 답을 찾지 못했다.

그녀가 한번은 내게 물었다. "우리가 만나게 되면 관계가 오래갈 것 같아요?" 그때 나는 잠시 생각하다가 이렇게 말했다.

"나도 그 부분은 장담할 수 없지만, 당신을 배신하지는 않을 거라는 장담은 할 수 있어요."

그 말을 하고서 깨달았다. 상대방을 "허황된 말로 붙잡고 싶지 않다"는 진심. 그 순간 이미 나는 이 관계에 진심을 다하고 있었다. 돌이켜 보면, 나는 나도 모르게 인생의 후반부를 사랑하는 사람과 함께 보내고 싶은 욕망을 품고 있었다. 그 마음의 크기를 모른 채, 그녀를 통해 내 인생을 시험하고 있었던 걸까?

그 상황에서 나는 미술관을 갔다. 그녀와 여행을 계획하기 전에 먼저 많이 했어야 했던 일일지도 모른다. 후회해도 늦었지만, 그날은 그냥 보고 싶었다. 그녀가 어떤 시선으로 세상을 바라보는지, 단순히 말로만 듣는 것으로는 알 수 없던 그 깊이를 직접 보고 싶었다.

   사랑의 끝에서 예술이 깨어나다

처음 간 곳은 압구정의 K현대미술관이었다. 살면서 처음이었다—미술관을 '내 발로' 찾은 것은. 주변 사람에게는 부끄러워 "새로운 취미가 생겼다"고 둘러댔다. 사실은 그녀가 남기고 간 시선을 따라가 보고 싶었던 것뿐이다.

나는 예전에 그녀에게 이렇게 말했다. "미술은 결국 부자들의 사치 아니야?" 지금 생각해 보면, 그건 미술을 업으로 삼은 사람에게 해서는 안 될 말이었다. 그러나 그때의 나는 나름대로 솔직했고, 그 솔직함이 하나의 '노력'이었다. 세상을 다각도로 보고 싶다는, 내 방식의 접근이었다.

작품 앞에 서자, 전혀 다른 것들이 보이기 시작했다. 어릴 적부터 품었던 '인간은 왜 존재하는가'라는 막연한 물음부터, 지금 내 안을 흔드는 감정들까지—작품은 마치 내 마음을 해체하고 다시 조립하는 것 같았다. 어떤 작품은 벅찼고, 어떤 작품은 가볍게 나를 진정시켰다.

그 순간, 잊고 있던 내 인생의 목표가 조용히 떠올랐다.

나는 한때 인생을 '창조'라고 생각하던 아이였다. 유전과 환경이라는 틀 안에서도 스스로가 원하는 사람이 되기 위해 선택하는 것, 그게 인생이라 믿었다. 그러나 커리어가 쌓이고, 물질적인 것을 취할수록 나는 점점 원래의 목표를 잊어 갔다. 알맹이는 저 깊은 곳에 묻어 두고, 세상의 기준을 넘어선 나를 자랑스러워하고 있었다.

항상 스스로는 그것을 부정하고 있었지만, 거부하는 나와 달리, 내가 선택하는 체험들은 이미 그 방향으로 기울어 있었다. 그렇다면 그 부정이 무슨 의미가 있을까. 만족하지 못한 목표는, 결국 더 큰 과실을 향해 손을 뻗게 만들었다. 그리고 그 과실을 많이 따서 주변 사람들을 자유롭게 해 주겠다는 그럴듯한 명분 뒤에는 언제나 오만과 편견이 숨어 있었다.

어쩌면 그것은 상처받지 않기 위한 하나의 방어 기제였을지도 모른다. 그 오만이 내 안의 근본을 조용히, 그러나 확실히 눌러 왔다. 이 시점에서 나는 아이러니하게도 그녀에게 고마움을 느꼈다. 그녀가 내 안의 '허상'을 깨뜨려 준 것이다. '지금 내가 겪는 이 실패는, 어쩌면 내 영혼이 스스로 선택

 사랑의 끝에서 예술이 깨어나다

한 경험이 아닐까.'

나는 종교를 믿지 않는다. 그러나 그렇다고 해서 인생의 아름다움을 단순히 과학의 법칙에만 맡기는 사람도 아니다. 세상에는 설명되지 않는 어떤 필연이 존재한다는 걸, 나는 조금씩 받아들이고 있었다.

그러고 나니 문득 그런 생각이 들었다.
연인이란 이름 아래 있었던 건, 사실 서로의 결핍을 메우던 친구 관계였는지도 모르겠다. 사랑은, 때로 그런 오해 속에서 태어나기도 하니까.

와중에, 압구정동의 갤러리들은 꽤 많이 문을 닫아 있었다. 그녀가 몸담을 시장이 살짝 걱정스러웠다. 아이러니하게도, 마음 한구석에서 여전히 그녀의 안녕을 걱정하고 있는 나를 발견했다. 관계가 끝난 후에도 상대의 행복을 바라는 마음으로 남은 것일까.

그러다 문득, 이런 생각이 들었다.

그래서 그녀는 대체 어떤 예술을 추구하고 있었을까. 무엇
이 그녀를 그렇게 단단하게 만들고, 동시에 그렇게 멀게 만들
었을까.

　　　　　　　　사랑의 끝에서 예술이 깨어나다

완벽한 사랑

내 곁에는 여전히 좋은 사람들이 있었다. 그들은 내가 어떤 일을 겪었는지 굳이 묻지 않았다. 다만 식사 자리의 웃음 속에서, 아무 말 없는 동행 속에서 나를 조용히 일상으로 이끌었다. 거창하지 않은 하루들이, 오히려 그 어떤 위로보다 깊었다.

그러나 나는 그들에게 그녀의 이야기를 자세히 꺼내지 않았다. 괜한 오해나 가벼운 농담 속에서 그녀가 입방아에 오르내리는 걸 원치 않았다. 그녀가 내게 보여 준 진심을 남의 잣대로 판단하게 하고 싶지 않았다. 그 마음만큼은 끝까지 지켜 주고 싶었다.

그렇게 다시 어린아이의 마음으로 돌아가니, 사랑과 인생에 대한 고찰을 자연스럽게 다시 하기 시작했다. 생각해 보면, 나는 20대 내내 내가 원하는 바를 꽤 성공적으로 이루며 살아왔다. 그만큼 열심히 살았고, 그 노력의 결과를 보상처럼 받아들이며 살았다. 어쩌면 그래서 내적인 부분을 더 이상 깊이 들여다볼 필요가 없다고 스스로 착각하고 있었는지도 모르겠다.

그게 바로 최근 내가 겪은 여러 내 실패의 본질이었다. 성취가 쌓일수록, 나는 나의 결핍을 숨기고 있었다. 그리고 훌륭한 사람들 앞에서는, 그 숨긴 결핍이 오만으로 보일 수도 있었을 것이다.

나는 이 책에서 말하는 모든 생각이 내 안에서 순수하게 창조된 것이라고 믿지 않는다. 수많은 경험과 책들에서 받은 영감, 그 속에서 내 마음에 닿았던 조각들을 모아 조립한 것에 가깝다. 그러니까 내 가치관은 앞으로도 계속 바뀔 수 있다. 변하지 않는 건 단 하나, 사랑의 출발점은 결국 자기 자신을 사랑하는 데 있다는 믿음이다.

사랑의 끝에서 예술이 깨어나다

내가 초반에 그녀의 행동을 비관적으로 보지 않았던 이유도 그 때문이다. 그녀는 스스로를 귀하게 여겼다. 그건 내가 항상 옳다고 믿어 온 태도였다.

그런데 그런 가치관을 가진 내가 그녀에게 빠르게 보여 주고 들려주고 행동했던 모든 것들이 사실은 내 결핍을 채우기 위한 시도였다면, 그녀에게 그것은 어떻게 보였을까.

나는 이전의 연애에서는 이렇게까지 생각하지 않았다. 지금 와서야, 그건 진짜 사랑이 아니었을지도 모르겠다는 생각이 든다. 진짜 사랑은, 아이러니하게도 결핍을 채우려는 욕망에서 출발할 수도 있다는 걸 안다.

사람은 누구나 욕구를 가지고 있다. 그리고 그 욕구를 상대방에게 기대고, 서로 암묵적으로 교환하려고 한다. 그게 어쩌면 '사랑'이라는 탈을 쓴 인간의 본능인지도 모른다.

그러나 관계의 목적은 그 교환에서 끝나면 안 된다. 사랑이란 서로를 '수단'으로 사용하는 것이 아니라, 서로를 통해 성장할 기회를 발견하는 일이어야 한다. 서로를 위해 의무감에 매달리기보다, 자신의 삶과 상대의 삶을 함께 최고 잠재력으로 끌어올릴 기회여야 한다. 이별하지 않고도, 그동안 쌓아왔던 잘못된 생각과 열등감을 고치고, 서로를 위해 스스로를 버리지 않겠다는 약속. 그것이야말로 사랑의 진짜 시작 아닐까.

이런 생각이 들기 시작하니, 사실 그녀는 그냥 가벼운 만남이었는데 나만 괜히 짝사랑에 지독하게 빠져 이 깊은 구덩이 속에 들어와 있다는 자각이 찾아왔다.

그녀는 아무렇지 않았을 것이다. 이렇게까지 복잡해진 건, 결국 나 혼자였다.

그래서 나는 오늘 모임에 나가 사람들과 어울려 봤다. 오랜만에 여러 사람들의 웃음소리를 들으니 낯설었다. 그 속에서 문득, 내가 왜 그녀에게 호감을 느꼈는지에 대한 이유 하나가 떠올랐다.

사람들은 대부분, 인생에서 예술을 모른 채, 정해진 틀 안

                          사랑의 끝에서 예술이 깨어나다

에서 타협하며 살아간다. 누군가 이미 옳다고 말한 가치 속에서 살아가는 법을 배운다. 그게 잘못된 건 아니다. 우린 모두 그 틀 안에서 세상을 처음 배운다. 사람을 대하는 법, 사랑하는 법, 나 자신을 이해하는 법까지도 거기서 시작된다.

하지만 어느 순간 그 틀이 나를 보호하던 울타리에서 내 시야를 가두는 벽이 되는 때가 있다. 그때 우리는 묻기 시작한다. "이건 정말 내가 원하는 생각일까? 누군가의 생각을 그대로 반복하는 걸까?" 외국에 나가면 사람들의 사고가 더 자유롭게 느껴지는 이유도 아마 그들이 더 다양한 틀을 보고 자랐기 때문일 것이다. 하나의 정답이 아닌 여러 세계를 겪으며 자연스럽게 다름을 배운 사람들이니까. 나는 그 틀에서 벗어나고 싶었다. 자유롭지 않은 상태를 충분히 경험했으니 이제는 자유를 향해 날아갈 준비가 되어 있었다.

나는 그녀가 분야는 달라도 같은 결을 지닌 고민을 품고 있다고 느꼈다. 그녀에게도 분명 순수함이 있었다. 자기 삶을 진지하게 대하는 태도, 예술을 향한 마음—그것은 진심이었다. 그게 내가 처음 그녀에게 끌린 이유였다.

하지만 시간이 지나며 깨달았다. 그 순수함의 층위가 달랐다는 것을. 나는 삶의 의미와 존재의 이유를 깊이 묻고 싶었지만, 그녀는 아직 그 질문 앞에 서지 않았던 것 같다. 미술을 하지만, 철학적 고민보다는 기술과 표현 자체에 집중하는 단계였던 것일 수도 있다.

틀린 게 아니다. 단지 우리가 서 있는 곳이 달랐거나 그녀가 거리감의 좁힘을 허용하지 않았을 뿐. 그녀가 인생을 가볍게 생각하든, 무겁게 생각하든, 이미 그 길은 정해져 있었다. 그저 내가 바보같이 경험을 주는 것에 치중하느라 그 차이를 인정하지 못했던 것이다. 같은 방향을 보고 있다고 착각했지만, 사실 우리는 다른 지도를 보고 있었다.

어쩌면 우리가 생각하는 이상형은 우리가 스스로 원하는 모습의 가장 밝은 형태가 아닐까. 그리고 그 모습을 상대에게서 찾으려 할 때, 우리는 서로가 서 있는 단계의 차이를 보지 못한다.

  사랑의 끝에서 예술이 깨어나다

미술관에서부터 시작된 걸음

사실 모든 사람이 순수한 목적으로만 사랑할 수는 없다. 나도 그것을 인정한다. 그럼에도 내가 완벽한 사랑을 추구하는 이유는, 그것이 결함이 없는 사랑이 아니라 서로의 불완전함을 믿음으로 끌어안는 사랑이기 때문이다.

나는 믿음이 결국 자기애에서 비롯된다고 생각한다. 자신을 신뢰하지 못하는 사람은 타인도 온전히 믿지 못한다. 그래서 나는 사랑의 출발점을 늘 '자기 자신을 이해하는 일'에서 찾는다.

인간의 의식은 단계를 거쳐 성장한다고 믿는다. 생존을 위

해 발버둥 치는 단계, 소속되기를 갈망하는 단계, 무언가를
성취하며 인정받으려는 단계. 그리고 그 모든 것을 이룬 후
에야 비로소 묻기 시작하는 단계—"이게 전부일까? 진짜 의
미는 뭘까?"

나는 이제 그 질문 앞에 서 있었다. 물질적으로 어느 정도
안정되었고, 사회적으로도 자리를 잡았다. 이제는 더 깊은
것을 원했다. 조건이 아닌 본질을, 소유가 아닌 존재를 나눌
수 있는 관계를.

그런 의미에서 나는 준비되었다고 생각했다. 하지만 머리
로 아는 것과 가슴으로 사는 것은 달랐다. 개념을 이해한다
고 해서 체화된 건 아니었다. 여전히 나는 외로움을 혼자 견
디지 못했고, 거절을 내 부족함으로 받아들였으며, 사랑을
독립의 수단으로 생각하기도 했다.

진짜 준비는 모든 것이 깨졌을 때 시작됐다.

그녀가 만약 원래 원하던 배우자의 모습이 '자신의 영역에
천천히, 조심스럽게 다가올 수 있는 사람'이었다 해도, 그것

 사랑의 끝에서 예술이 깨어나다

자체를 비난할 수는 없다. 사람마다 편안하게 느끼는 거리가 다르다. 어떤 이는 빠른 친밀감을 원하지만, 어떤 이는 천천히 신뢰를 쌓아 가길 원한다. 혹은 여러 가능성을 열어 두고 신중하게 선택하고 싶어 하기도 한다. 그녀가 어느 쪽이었든, 나는 그것을 제대로 이해하지 못했다.

나는 열정적으로 다가갔다. 깊은 질문을 던졌고, 의미를 나누고 싶어 했으며, 빠르게 가까워지길 원했다. 그러나 그것은 나의 속도였지, 그녀의 속도가 아니었다. 나는 "서로에게 유일한 존재"가 되길 원했지만, 그녀에게는 그것이 너무 빠르거나 부담스러웠을 것이다. 나는 무의식적으로 그녀의 경계를 넘어섰고, 그녀는 숨 막혀 했을 것이다.

돌이켜 보면 나는 확신에 차 있었다. 내가 그녀에게 줄 수 있는 것들—깊은 대화, 의미 있는 경험, 진심 어린 교감—에 대한 자신감이 있었다. 그래서 더 적극적으로, 더 빠르게 다가갔다.

하지만 그녀는 나를 너무 빠르게, 혹은 너무 무겁게 느꼈을 것이다. 나는 영혼의 교감을 원했고, 그녀는 안전한 거리를 원했다. 혹은 신중한 선택의 시간을 원했을지도 모른다. 둘 다 틀리지 않았다. 단지 속도가, 혹은 방식이 달랐을 뿐.

불완전함이 문제가 아니었다. 그 불완전함에 다가가는 속도가 문제였다. 나는 빠르게 깊어지길 원했지만, 그녀에게는 그것이 침범으로 느껴졌을 것이다. 그리고 그것도 괜찮다. 사람마다 필요한 시간이 다르고, 선택하는 방식이 다르니까.

나 역시 오랫동안 사람들에 대한 불신 속에서 살았다. 정작 솔직해야 할 때 솔직하지 못했고, 소중한 사람 앞에서조차 다른 모습을 보일 때가 있었다. 진짜 나를 처음부터 보여 주는 게 두려웠다. 거절당할까 봐, 상처받을까 봐, 충분하지 않다고 느껴질까 봐.

그 선택으로 어떤 사람들을 흘러보냈을지는 나조차 알지 못한다. 어쩌면 진심으로 나를 받아 줄 수 있었던 사람들이었을지도 모른다. 그것이 의심에 대한 결과였다. 의심은 나를 지키는 것 같았지만, 실은 연결을 막고 있었다. 아무도 들

   사랑의 끝에서 예술이 깨어나다

어올 수 없다는 것은 나도 나갈 수 없다는 뜻이었다. 벽은 밖의 것을 막지만, 동시에 나를 가둔다. 그리고 이제, 나는 말한다.

만약 당신이 지금 그런 시간을 보내고 있다면, 그 선택을 존중한다. 상처를 두려워하는 마음, 천천히 열고 싶은 마음, 신중하게 선택하고 싶은 마음—그것은 모두 이해할 수 있다. 나도 그랬으니까.

비교하고 재고 따지는 것, 신중하게 선택하려는 것, 그것 또한 이해한다. 상처받지 않으려고 거리를 두는 것, 완벽한 타이밍을 기다리는 것, 그것도 안다. 그것이 나를 사랑하는 방법 중 하나이니까.

다만, 언젠가는 알았으면 한다. 상처받을 위험이 있어도, 연결되는 순간의 따뜻함은 그만한 가치가 있다는 것을. 혼자가 안전해 보여도, 우리는 결국 연결되어야 살 수 있는 존재라는 것을. 신중함이 너무 길어지면, 선택이 아니라 회피가 된다. 고독이 너무 길어지면, 안전이 아니라 감옥이 된다. 그리고 더 나은 누군가를 기다리다 보면, 눈앞에 있던 연결마저 놓치게 된다.

　사랑하는 사람의 경계를 발견했을 때, 그것을 어떻게 대하느냐가 관계를 결정한다. 천천히 기다릴 수도 있고, 빠르게 다가가다 밀려날 수도 있다. 나는 후자였다. 그리고 그것이 우리의 끝이었다. 그래도 나는 그녀가 언젠가 자신의 속도로, 자신의 타이밍에, 누군가에게 마음을 열 수 있기를 바란다. 그것이 나일 필요는 없다. 다만 누구라도 좋으니, 그녀가 혼자가 아니길, 그리고 신중함 속에서 진짜 연결을 놓치지 않길 바란다.

　진짜 사랑은 서로를 바꾸는 게 아니라, 있는 그대로 맞는 것이니까. 그리고 나는 안다. 이 열정의 끝에는 무관심이 아니라, 다음 여정이 기다리고 있다는 것을.

　그 사실을 인정하고 나니, 이상하게도 마음의 공허함이 조금씩 사라지는 기분이었다. 오늘은 마음이 한결 가벼워서, 기분 좋게 다음 미술관으로 향했다.

　　　　　　　　　　　사랑의 끝에서 예술이 깨어나다

전시의 테마는 "강령: 영혼의 기술(Technique of the Soul)"이었다. 고대 그리스어로 테크네(techne)는 현실을 재구성하기 위한 도구의 사용, 또는 일상에 지식 체계를 적용하는 행위를 뜻한다고 한다.

'영혼의 기술'이라는 말 자체가 이미 철학적이었고, 영적인 요소가 가미된 전시라 그런지 공간 전체에 묘한 오컬트적인 분위기가 흘렀다. 작품을 보며 문득 이런 생각이 들었다.

현대 사회에는 인생에 대해 진지하게 고찰하지 않는 사람이 참 많다. 오히려 오래전 사람들은, 그 방향이 옳든 그르든 간에 삶의 본질을 더 치열하게 고민했을지도 모르겠다. 사랑에 대한 고찰에서 시작된 나의 예술적 관심은 이제 인생 전체로 확장되고 있었다.

그리고 문득, 궁금해졌다.

그녀는 과연 예술을 이 정도로 깊게 고찰해 본 적이 있을까? 그녀의 작품 속에도 이런 사유의 결이 숨어 있었을까?

생각해 보면, 어렸을 때 나는 분명 이런 관심을 가지고 있었다. 사람이 왜 존재하는지, 무엇이 인간을 인간답게 만드는지에 대해 막연하게나마 궁금해했던 시절이 있었다. 그런데 언체부턴가 현실 속에서 그 감정은 잠들어 있었다. 그녀를 만난 뒤에야 잊고 있던 감정이 되살아났다.

예술은 그녀가 내게 준 선물이었지만, 그 본질은 결국 내 안에서 다시 피어난 나 자신이었다.

인생에 대한 고찰을 모두에게 강요하는 것도 또 다른 형태의 오만이라는 것을. 모든 사람은 저마다의 속도와 방식으로, 자신만의 경험을 통해 자기만의 결론을 찾아갈 뿐이다. 다만 당신도 그런 예술을 한다면 현실적인 문제로 꺾이지 않았으면 좋겠다.

그 생각을 하니 다시 감정이 밀려왔다. 그래서 내가 내린 결론은, 그녀와 걸었던 동네를 천천히 걸어 보는 것이었다.

이건 내 나름의 치유 방식이다. 어떤 아픔이나 분노가 생기

　　　　　사랑의 끝에서 예술이 깨어나다

면 그 사실을 있는 그대로 인정하고, 그 감정을 복기하며, '그때로 돌아간다면 나는 어떤 선택을 할까' 하나씩 되짚어 보는 것이다. 이건 실제로 어디선가 본 심리 기법이었던 것 같다.

언젠가 어릴 적 읽었던 책의 한 구절이 떠올랐다. 정확한 이름은 기억나지 않지만, 그때의 감정을 다시 경험하고, 그 위에 새로운 기억을 덧입히는 방식이었다.

나는 그렇게, 그녀와 함께 갔던 카페와 음식점을 혼자 다시 찾았다. 그 자리에서 혼자 음식을 먹으며 기억을 천천히 걸어 보았다. 카페 문을 열 때는 솔직히 조금 조마조마했다. 혹시라도 마주치지 않을까 하는 근거 없는 긴장감이 몸을 감쌌다. 감정적으로는 아직 미련이 남아 있었지만, 이성적으로는 그녀와 마주치는 일이 그리 좋은 경험이 되지 않으리라 '잘' 알고 있었다.

다행히 그녀는 없었다. 나는 혼자 자리를 잡고 앉아 책을 펼쳤다. 커피를 주문하고, 조용히 책장을 넘겼다. 오늘 다녀온 미술관의 작품들을 떠올리며 그 의미를 곱씹어 보기도 하고, 잡다한 생각들을 천천히 흘려보냈다.

생각이 너무 많아지면 오히려 피로해진다. 그래서 그냥 멍하니 앉아 있었다. 그런데 이상하게, 그 시간이 편안했다. 시킨 디저트도 생각보다 맛있었다. 별거 아닌 순간이었지만, 그 안에 작은 회복이 있었다. 누군가는 이런 걸 주책이라 할지도 모르겠지만, 나는 매 순간마다의 감정을 경청하고 받아들였다. 그래서 이제는 자신 있게 말할 수 있다. 나는 이제 벗어났다.

내 인생의 후반부는, 누군가를 만나기 이전에 내가 잊었던 목표들을 다시 지켜 나가는 것이다. 현실적인 타협에 안주하지 않고, 진심으로 내가 원하는 삶을 살아가려 한다. 누군가를 다시 만나는 일은 아직은 감정이 겹쳐서 쉽지 않겠지만, 그래도 괜찮다. 언제나 그렇듯이 스스로의 힘으로 이겨 낼 수 있다.

대개 이런 때엔 사람들은 새로운 사람으로 옛 사랑을 잊는다고 한다. 그러나 나는 그럴 이유가 없다. 대부분의 사람이

　　　　　　　　사랑의 끝에서 예술이 깨어나다

가진 보편적인 흐름 속에 자연스레 스머드는 건, 어쩐지 내
본질을 잃는 일처럼 느껴진다.

사랑과 윤리

내가 책을 쓰겠다고 결심한 이유는 단순했다. 친구로서든, 아직 미련이 남은 사람으로서든 그녀에게 다시 연락하기보다는 이 마음을 글로 털어내는 편이 낫다고 생각했기 때문이다.

사실 처음엔, 그냥 가만히 있으면 도저히 버틸 수가 없었다. 하루에도 몇 번씩 마음이 요동쳤고, 무언가를 붙잡지 않으면 금세 무너질 것만 같았다.

그래서 나는 글을 쓰기 시작했다. 누군가에게 보여 주기 위한 글이 아니라, 그저 내가 살아남기 위한 문장들이었다.

 사랑의 끝에서 예술이 깨어나다

그럼에도 불구하고, 이 예술의 여정을 시작하고 나니 이제
는 그 원인보다도 과정 자체가 즐거워지고 있다. 그리움이
원동력이 되어 내 인생에 다시 활기가 돌기 시작했다.

영감은 바깥에서만 찾아오는 번뜩임이 아니다. 그것은 우
리 안의 침묵 속에서, 세상이 말을 걸 때 비로소 깨어난다.
예술은 그 대화의 흔적이다. 화폭과 선율, 문장 속에 담긴
건 단지 표현이 아니라, 저자가 '존재'와 나눈 대화의 파편이
기 때문이다. 그래서 우리는 예술을 통해, 때로는 우리 자신
의 목소리를 듣게 된다.

누군가의 조언을 들을 때 우리는 본능적으로 마음의 문을
닫는다. 그 말이 옳다는 걸 알아도, 인정한다는 건 또 다른 용
기가 필요하기 때문이다.
그래서 나는 이제, 그 불편한 깨달음조차도 나를 성장시키
는 신호로 받아들이려 한다.
문득 흥미롭게 느껴지는 점은, 교육 수준이 높을수록, 혹은
사회적으로 여유가 있을수록 사람들이 삶의 본질에 더 깊이
다가가려 한다는 것이다. 부자들의 취미에 예술이 포함된 이

유도, 어쩌면 그 안에 '행복하게, 그리고 건강하게 살고자 하는 몸부림'이 담겨 있기 때문일지도 모른다.

물론 그 과정에서 사치와 허영이 섞이는 건 피할 수 없겠지만, 그마저도 인간이 예술을 필요로 하는 이유의 일부일 것이다.

진정한 도덕성은 선과 악 중에서 선만 행한다고 해서 이루어지는 것이 아니다. 사람은 여유로울수록 선을 행하기 쉽다. 그러나 벼랑 끝으로 몰리면, 누구나 자신을 지키기 위해 다른 얼굴을 드러낼 수 있다. 그건 타락이 아니라, 인간이 지닌 한 특성일지도 모른다.

따라서 도덕이란 선을 강요하는 것이 아니라, 누군가가 선을 선택할 수 있는 여유와 조건을 이해하려는 마음에서 시작된다.

평생을 가난하게만 살았던 사람에게 "물질은 아무것도 아니니 내려놓으라"고 말한다면 그게 과연 납득이 될까? 그들에게는 그 말 자체가 폭력일 수도 있다.

　　　　　　　사랑의 끝에서 예술이 깨어나다

수많은 '악'들이 모여 만들어진 구조 앞에서 한 사람이 그것을 바꿀 수 있을까? 아마도, 쉽지 않을 것이다.

그러나 그 무력감 속에서도, 우리가 여전히 선을 말하는 이유는, 그 불가능 속에서도 인간 안에 있는 '빛'이 스스로를 잊지 않으려 하기 때문일 것이다. 선은 배우는 것이 아니라, 우리 안에 본래 있던 기억이기 때문이다.

재미있게도 이 생각은 미술관에 있을 때와는 별개로 떠올랐다. 그러나 이상하게, 그날 본 영상 중 하나가 계속 머릿속을 맴돌았다. 그 영상은 인류의 역사 속에서 원주민의 땅이 빼앗기고, 삶이 무너져 가는 순간들을 담고 있었다. 마치 유럽의 대항해 시대 이후, 탐험이라는 이름 아래 벌어진 식민지 개척의 과정들—스페인과 포르투갈이 남미를, 영국과 프랑스가 북미와 아프리카, 아시아를 점령해 자원을 약탈하고 원주민을 노예로 삼던 장면들과 다를 바 없었다.

그저 한 편의 영상이었지만, 나는 그 앞에서 오래 머물렀다. 인류가 예술과 문명을 쌓아 온 역사 속에 동시에 얼마나 잔혹한 약탈의 그림자가 존재했는지를 적나라하게 보여 주고 있었기 때문이다.

나는 역사에 해박한 편은 아니지만, 이런 이야기를 꺼내는 이유는 분명하다. 우리가 '체제'라는 이름 아래 살아간다는 것은, 결국 그러한 역사적 폭력과 약탈의 연속 위에 서 있다는 뜻이기 때문이다.

우리는 그 구조를 단독으로 만든 것도 아니고, 쉽게 벗어날 수도 없지만, 적어도 그것이 어디에서 흘러왔는지를 잊지 않아야 한다. 자신이 동조하고 있을 수도 있음을 자각해야 한다. 그 자각이, 인간이 인간으로서 설 수 있는 최소한의 윤리 아닐까.

물질적 여유를 가진 사람들은 예술과 철학을 통해 삶을 성찰할 수 있는 시간과 공간의 여유를 가진다. 그건 분명한 축복이지만, 아이러니하게도 여유는 때때로 인간을 무디게 만든다.

생존의 고통에서 벗어난 자리가 곧 성숙으로 이어지는 것은 아니다.

"예술은 여유 속에서 피어나지만, 그 여유가 오만으로 변하

 사랑의 끝에서 예술이 깨어나다

지 않으려면 성찰이 필요하다. 진짜 예술은 풍요의 부산물이 아니라, 풍요 속에서도 잃지 않으려는 인간성의 기억이다."

결국 인간의 품격은 무엇을 얼마나 가졌느냐가 아니라, 그 여유 속에서 어떤 마음으로 세상을 바라보는가에 달려 있다. 과거가 어떠했든, 그 마음을 잃는 순간, 인간은 자신을 잃는다.

아마도 내가 예술을 하는 사람에게 끌리는 이유는 이 모든 것이 복합적으로 작용했기 때문일 것이다. 아름다움에 대한 감각, 결핍에 대한 이해, 그리고 삶을 바라보는 태도까지—그 모든 것이 내 안에 맞닿아 있었던 것 같다.

이 모든 것을 마음 깊이 이해한 순간, 나는 깨달았다.

사실 누군가가 마음에 들어온다는 것은 결핍을 채우려는 일이 아니라, 그 결핍을 통해 함께 완전해지는 여정을 시작하는 일이라는 것을. 그때부터 현실적인 문제나 서로의 다름, 그리고 각자의 불완전함은 피해야 할 대상이 아니라 함께 풀어 가야 할 당연한 목표가 된다.

결국 배우자를 고른다는 것은 그 사람이 서로의 인생 방향

을 바꿔 놓을 만큼의 의지와 용기를 가진 사람인지를 보는 일
이다.

불완전함은 우리를 경험으로 끌어당기고, 그 경험을 통해
서만 우리는 조금씩 완전함에 다가간다.

그래서 나는 이렇게 믿는다. 사랑하는 사람에게서 결함을
발견했을 때, 그것은 슬픔의 이유가 아니라 함께 성장할 수
있는 또 하나의 기회다.

결핍과 결함은, 우리가 삶에서 그 반대를 경험할 수 있도록
허락된 하나의 선물이다. 완전함은 스스로의 존재를 증명할
기회를 주지 않지만, 결핍은 그 부족함을 채우려는 의지를 통
해 인간이 스스로를 발견하게 만든다.
무언가 부족하지 않다면, 우리는 그것이 채워지는 순간의
기쁨을 결코 알 수 없을 테니까.

결핍이 많은 사람에게는, 이상적인 충고나 내면 성찰을 강
요하는 것보다 현실적인 도움과 따뜻한 이해가 먼저 건네질

　　　　　　　　　　사랑의 끝에서 예술이 깨어나다

때 비로소 마음이 열릴 때가 있다.

그것은 그들을 낮게 보기 때문도, 특별히 구분 짓기 위함도 아니다.

우리는 모두 각자의 결핍을 통해 성장하고, 그 결핍이 누군가에게 조심스럽게 이해받기를 원한다. 특히 가까운 사람—배우자나 연인처럼 서로의 일상을 깊이 공유하는 관계에서는 '더 나은 사람이 되라'는 말보다 지금 느끼는 두려움·불안·결핍을 있는 그대로 인정해 주는 태도가 먼저 필요하다. 충고는 이해가 자리 잡은 뒤에야 비로소 작게 스며들 수 있다.

그러나 여기에는 섬세한 경계가 있다. 상대의 결핍을 이해하고 함께하는 것과, 그 결핍을 내가 채워 주려 드는 것은 다르다. 전자는 동행이지만, 후자는 구원자가 되려는 시도다.

구원자가 되려는 순간, 관계는 평등을 잃는다. 나는 위에서, 상대는 아래에서. 나는 주는 자, 상대는 받는 자. 이런 관계는 언젠가 무너진다. 상대가 변하지 않으면 내가 실망하고, 상대는 내 기대의 무게에 짓눌린다.

진짜 사랑은 구원이 아니라 존재다. 상대의 결핍을 인정하되, 그것을 고쳐 주려 하지 않는다. 함께 있어 주되, 무작정 책임지려 하지 않는다. 이해하되, 변화를 강요하지 않는다.

상대가 변화하는 것은 그들의 여정이다. 나는 단지 그 여정에서 따뜻한 증인일 뿐, 감독자가 아니다.

나는 진심으로 사랑하기에 손을 내밀 수 있다. 그러나 아무리 포용성이 좋고, 그 마음이 순수해도, 상대가 그 손을 잡을지는 알 수 없다. 때로는 잡지 않는다. 때로는 밀쳐낸다. 그럼에도 진짜 사랑은 계속 손을 잡으라 강요하지 않는다. 손을 내민 채로 기다리거나, 조용히 거두어들인다. 상대가 준비되었을 때, 스스로 손을 내밀 수 있도록.

사랑의 완성은 상대를 변화시키는 데 있지 않다. 상대가 변화하든 그대로든, 그들의 선택을 있는 그대로 존중하는 데 있다. 그리고 상대 스스로 자신을 자각하고 구할 수 있도록 그 여정을 조용히 지켜보고 응원한다.

   사랑의 끝에서 예술이 깨어나다

미런은 작품을 낳는다

사실 나는 정확한 계산과 일정한 결과 속에서도 늘 예측 불가능한 하루를 살아왔으며, 이제는 내 시간을 내가 정한다는 자유 속에서도 오히려 더 많은 변수와 마주하게 된다.

일의 양을 줄이고 난 뒤부터, 시간이 남는다는 건 꼭 자유를 얻는 일만은 아니라는 걸 알게 되었다. 하루 종일 조용한 방 안에 앉아 있으면 세상의 모든 소리가 멈춘 듯한데 이상하게 내 안에서는 더 많은 소음이 일어난다.

사람을 만나기 전까진 그런 고요를 고독이라 부르지 않았다. 그저 하루를 효율적으로 살아가는 방식쯤으로 여겼다. 그러나 누군가가 내 일상에 스며든 뒤로는, 같은 고요함이 이

제는 다르게 들린다. 소리가 없는 게 아니라, 그 사람의 부재
가 메아리치는 소리처럼.

나는 그 공허 속에서 내가 잃어버린 조각들을 하나씩 줍고
있다.

앞서 다짐했던 것들이 무색해지는 순간에도, 그 파편들을
모아 보면 어느새 하나의 작품이 되어 가고 있다.

　　　　　　　　사랑의 끝에서 예술이 깨어나다

친구로 남는 짝사랑

"그래서 이제는 괜찮으십니까?"

나는 그 말을 곱씹을 때마다 잠시 멈칫하게 된다.

그러나 내 인생 전체를 돌아봤을 때 한 가지는 분명히 지켜온 원칙이 있다. 나는 단 한 번도 누군가를 의도적으로 불행하게 만든 적이 없다. 그 단순한 원칙 하나를, 당신은 왜 그렇게 어렵게 받아들였을까.

나는 이것만큼은 자신 있게 말할 수 있다.

많은 사람들이 알면서도 은연중에 '사랑'을 연인 관계에만 국한한다. 그러나 사랑은 연인 간의 감정만이 아니다. 부모와 자식의 유대, 친구 간의 신뢰, 심지어 자신과의 화해까지―그 모든 관계를 관통하는 본질이 바로 사랑이다.

인생을 통틀어 그 철학을 당신은 얼마나 깊이 생각해 본 적이 있는가.

우리의 어린 시절은 대체로 결핍의 연속이다. 그 결핍 속에서 나는 개인의 영역을 넘어 공동체의 공생 속에서 사랑의 의미를 다시 발견했다. 이렇게 길게 생각한 이유는 단순하다. 그녀와의 단절에서 내가 가장 아팠던 건 연인을 잃은 슬픔이 아니라, 좋은 친구로서의 인연까지 잃을 수 있단 불안감이었다.

그러면서도 한편으론 의문이 들었다. 과연 나는 그녀를 '있는 그대로' 본 걸까? 아니면 내가 바랐던 이상과 희망을 그녀 위에 투영했던 걸까. 어쩌면 그녀는, 내가 본 그 단면의 몇 퍼센트만이 실제였고 나머지는 내가 만들어 낸 환상이었는지도 모른다.

여기서 대부분의 사람들은 실망을 하겠지만, 나는 그러지 말라고 말하고 싶다. 이미 몇 번이나 이야기했듯, 우리가 이미 완벽했다면 이 모든 여정은 아무 의미가 없었을 것이다. 완전함은 멈춤을 낳지만, 불완전함은 각자가 자신의 길을 찾아 나아가게 만든다.

그러니 단절 속에서 분노하지 말라. 슬픔에 잠기지도 말라. 그 감정은 결국, 상대를 향한 것이 아니라 '내가 잃어버린 나 자신'을 향한 집착일 뿐이다.

한 철학자는 말했다.
"비웃지도, 슬퍼하지도, 미워하지도 말고, 다만 이해하라."
그 이해의 순간에야 사랑은 비로소 소유에서 벗어나 자유가 된다.

진정한 응원이란, 상대가 온전히 행복해질 수 있기를 바라는 마음이다. 그 행복이 나와 무관하더라도, 그것을 기쁘게 바라볼 수 있을 때 비로소 우리는 사랑의 가장 높은 형태에 도달한다.

그 이후

남들과는 다른 길을 걸어오다, 이번엔 남들처럼 살아 보려 했다. 그 한 번의 시도에, 세상 전체가 흔들렸다. 사람이 떠나가고, 원하던 일들은 번번이 어긋났다.

그때 나는 알았다. 이건 실패가 아니라, "너의 체험은 이 길이 아니다"라는 세상의 조용한 신호였다.

나는 한동안 지쳐 있었다. 그건 목표가 험난해서가 아니라, 그 끝에서 내가 진심으로 행복할지 스스로 확신할 수 없었기 때문이다.

이제 와 돌이켜 보면, 그건 과거의 내가 보내던 하나의 경고였다. 그러다 문득 깨달았다. 내 인생은 고찰에서 시작해, 물질을 통과해, 예술에서 완성되어야 한다는 것을. 그 길 외

사랑의 끝에서 예술이 깨어나다

에는 내가 나로 존재할 수 없었다.

한 철학자는 "모든 것은 필연이다"라고 말했다. 그러나 동시에, 필연을 이해하는 자만이 진정한 선택을 한다고 했다.

모든 체험은 이미 주어진 길 위에서 일어난다고 해도, 그 길을 어떤 마음으로 걷는가는 우리의 몫이다. 나는 그 말을 항상 실천해 왔었다. 삶이 나에게 부여한 체험들에 끌려가지는 않지만 동시에 거부하지 않고, 그 속에서 의미를 발견하기 시작했을 때, 고통은 더 이상 나를 억누르지 않는다.

이해는 나를 자유롭게 만들었다. 모든 만남이 하나의 선택이자 필연임을 받아들이자, 세상이 다시 움직이기 시작했다.

그 후로 내가 보고, 듣고, 느끼는 모든 것이 달라졌다. 모든 체험에 다시 귀를 기울이고, 모든 사람을 다시 보기 시작했다. 그때서야 나는 알았다.
자유란 필연을 거부하는 것이 아니라, 그 필연을 사랑할 수 있을 만큼 깊이 이해하는 것이라는 걸.

운명이 내게 주어진 것이 아니라, 내가 받아들이기로 선택한 필연일 때, 그건 더 이상 굴레가 아니라 하나의 길이 된다.

이제 나는 조용히, 그러나 확실하게 나아간다. 세상을 설득하려 하지 않고, 그저 내 앞의 체험들을 온전히 사랑하려 한다. 그것이 내가 배운 삶의 방식이며, 내가 이해한 자유의 형태다.

그리고 마침내 깨닫는다―
내가 잊고 있던 것은 '선택의 힘'이 아니라, 그 선택을 끝까지 책임지는 용기였다는 것을.

이 글이 나에게는 좋은 참고서이자, 긴 독백의 기록이지만 이 글을 읽는 당신이 혹시 나를 모르는 사람이라면 한 가지 이야기를 전하고 싶다.

우리는 종종 행복과 사랑을 외부에서 찾으려 그러나, 언제나 우리 안에 있다. 진정한 자유와 평온은 무언가를 얻음으로써 생기지 않는다. 그것은 자신의 내면을 끝까지 응시할

사랑의 끝에서 예술이 깨어나다

용기에서 비롯된다.

　삶이란 결국, 스스로 선택한 필연을 이해하고 그 안에서 자신이 누구인지를 발견해 가는 과정이다. 우리가 겪는 모든 상실과 만남은 우연이 아니라, 우리를 완성시키기 위한 필연의 조각들이다.

　행복은 외부의 결과가 아니라 그 조각들을 사랑할 수 있는 시선의 깊이에서 피어난다. 그리고 사랑은 누군가를 소유하려는 감정이 아니라, 그 사람을 통해 자신을 더 깊이 이해하게 되는 하나의 통로다.

　이제야 알게 되었다.
　삶은 나를 시험하는 것이 아니라 나를 깨닫게 한다. 그저 내가 나 자신을 이해하길 기다릴 뿐이다. 그리고 나는, 그 기다림에 조용히 응답할 준비가 되어 있다.
　앞으로도 글은 계속 써야겠다.

사람들에게 전하고 싶은 말

(미쳐 가는 사회)

나는 기본적으로 사람들을 쉽게 믿지 않는다. 대부분의 사람들은 자신만의 철학이 깊지 않으며, 남을 깎아내리기에 바쁘고, 이득 앞에서는 스스로를 납득시킨다. 사랑 역시 진심에서 시작되기보다, 자신이 갖지 못한 것을 가진 사람을 찾는 일로 변질되곤 한다.

나 역시 수년 동안 그런 관계 속에서 제대로 된 감정을 느끼지 못했다. 때로는 그것이 분노로 바뀌어 사람들과의 단절을 스스로 만들어 냈다.

사회생활은 그저 하나의 가면이었다. 그 속에서 드물게 마주치는 진심은 거대한 파도 속의 작은 점처럼 나조차 인식하

사랑의 끝에서 예술이 깨어나다

지 못할 만큼 희미했다.

당신이 내 생각에 동의하지 않더라도 나는 한 가지를 묻고
싶다.

당신은 제대로 살아가고 있는가?

우리의 분노는 남을 판별하는 기준이 아니라 내 안을 갉아
먹는 작은 악마였다. 그 악마는 결국 내 손에 든 도구를 무기
로 바꾸었고, 파괴의 가능성만 남겼다.
한때 순수했던 아이는 감정의 샘을 잃고 메마른 소년이 되
었고, 그 소년은 사람을 향해 손가락질을 던지는 청년으로 자
라났으며, 그 긴 어둠을 지나며 여전히—어쩐지—행복을 바
라는 어른이 되었다.

사람은 모두 제각기 불완전하다. 그러나 그 불완전함 속에
서 서로의 빛을 알아보고 함께 성장할 수 있다면, 그것이야말
로 사랑의 궁극적 의미다.
그리고 만약 옳지 않은 사람을 마주한다면, 이젠 그들을 원

망하지 않는다. 그 만남이 나에게 '무엇을 지켜야 하는가'를
가르쳐 주기 때문이다.

당신의 인연을, 그리고 당신의 불행을 외부에서 찾지 말라.
모든 만남은 당신이 스스로 불러온 거울이며, 모든 상처는 당
신이 스스로 완전해지기 위해 택한 통로다. 그러니 다시 말
한다.

당신의 인연을, 당신의 불행을 외부에서 찾지 말라. 그것들
은 정해진 운명이 아니라, 당신이 지금의 의식으로 해석해내
야 할 하나의 과제일 뿐이다.

　　　　　　　사랑의 끝에서 예술이 깨어나다

혼자일 수 있는 사람의 사랑

사랑의 본질은 혼자일 수 있는 힘이다. 모든 사람이 연인을 필요로 하는 것은 아니다. 사랑이 인간의 결핍을 채워 주는 것이 아니라, 그 결핍을 바라보게 만드는 통로라면, 이미 스스로를 이해한 사람에게는 사랑조차 하나의 거울일 뿐이다.

사랑은 서로의 상처를 꿰매 주는 일이 아니라, 각자가 스스로의 상처를 들여다보는 용기를 배우는 과정이다.

연인은 나를 구원하는 존재가 아니라, 나를 비추는 하나의 거울이다. 그 거울 속에서 나는 나를 브았고, 때로 그 눈빛이 너무 낯설어 외면하기도 했다. 그러나 결국 그 모든 경험이 내 안의 목적을 발견하게 만든 길이었다.

이제 나는 알게 되었다. 사랑의 본질은 '함께 있음'이 아니라 '홀로 설 수 있음'에서 출발한다는 것을. 진정으로 혼자일 수 있는 사람만이 타인과 함께 있을 때에도 자유로울 수 있다. 그리고 그런 자유 안에서만 사랑은 비로소 사랑이 된다.

나는 안다. 이 모든 말이 얼마나 어려운 일인지. 사람은 본능적으로 누군가에게 이해받고 싶어하고, 그 마음은 때때로 사랑이라는 이름으로 포장된다. 문제는 사랑이 아니라 방식이다. 우리는 종종 사랑을 통해 자신을 증명하려 한다. 누군가의 마음을 얻음으로써 내 존재의 가치를 확인하려 하는 것이다.

그러나 그런 사랑은 언제나 불안하다. 그 사람의 시선이 흔들리는 순간, 나의 존재도 함께 흔들리기 때문이다.

사랑은 관계를 통해 나를 잃는 일이 아니라, 오히려 나를 더 정확히 이해하는 과정이어야 한다. 누군가와 함께할 때의

   사랑의 끝에서 예술이 깨어나다

나, 그 안에서 드러나는 감정과 반응이 진짜 나의 일부이기 때문이다.

누군가가 떠났다고 해서 그 사랑이 끝나는 건 아니다. 그 시간 속에서 내가 어떤 사람이었는지를 기억할 수 있다면, 그건 이미 남은 사랑이다.

사랑은 지속되는 감정이 아니라, 한때 나를 성장시킨 경험의 흔적이다.

그러니 '혼자일 수 있는 힘'이란 누구도 필요로 하지 않겠다는 고립의 선언이 아니다. 그건 단지, 관계가 사라져도 나 자신을 잃지 않는 연습이다.

사랑은 여전히 소중하고, 함께함은 여전히 따뜻하지만, 그 모든 것의 중심에는 언제나 '나 자신'이 있어야 한다.

현실적인 사랑의 간극을
극복하는 방법

사랑은 언제나 간극 속에서 시작된다. 누군가는 더 빨리 다가오고, 누군가는 한 걸음 물러서서 바라본다. 사람마다 사랑의 속도, 깊이, 표현의 언어가 다르기 때문이다. 그래서 사랑이 어렵고, 그래서 사랑이 인간적인 일이다.

우리는 종종 이 간극을 '문제'라고 여긴다. 마음이 식었거나, 관심이 줄었다고 단정 짓는다. 그러나 대부분의 경우, 그것은 서로가 다르게 느끼는 시간의 간격일 뿐이다. 한쪽은 확신을 얻고 싶어 하고, 다른 한쪽은 그 확신을 표현하기 전에 준비가 필요한 것이다.

사랑의 간극을 없애려 하면 결국 한쪽이 희생하거나, 관계가 무너진다. 간극을 메우는 것은 상대를 바꾸는 일이 아니라, 내가 그 차이를 이해하고 견디는 법을 배우는 일이다.

사랑은 결국 인내의 형태를 하고 있다. 상대가 나와 다르다는 사실을 인정하고, 그 다름이 우리 사이의 균열이 아니라 여백임을 깨닫는 일.

그 여백을 채우지 않고, 그저 함께 머무를 수 있을 때 사랑은 현실 속에서도 오래 머문다.

사람은 누구나 자신만의 속도로 마음을 열고, 자신만의 언어로 사랑을 표현한다. 그 차이를 두려워하지 말고, 그 차이 속에서 나의 감정이 어떻게 흔들리고, 또 어떻게 단단해지는지를 관찰하라.

사랑은 결국, 서로를 완전히 이해하는 일이 아니라 그럼에도 불구하고 함께 머무는 기술이다.

그녀는 아무렇지 않았겠지만

이제 와 생각해 보면, 그녀는 아마 나를 단 한 번도 떠올리지 않았을 것이다. 그녀에게 나는 그저, 잠깐 스쳐 간 계절 같은 사람이었을지도 모른다. 그녀는 자기의 삶을 살아가고, 나는 여전히 그 짧은 만남의 잔향을 곱씹고 있다. 한때는 그 사실이 너무 불공평하다고 느껴졌다. 나만 혼자 이렇게 오래 남아 있는 것 같았다.

그러나 지금은 안다. 이 감정이 미련이 아니라는 것을.

그녀가 나를 잊었다는 사실보다, 그녀의 부재 속에서도 여전히 무언가를 느끼는 '나 자신'을 바라보는 일이 더 중요했다.

사랑의 끝에서 예술이 깨어나다

사람은 누구나 자신만의 속도로 사랑을 겪고, 자신만의 방식으로 잊는다. 그녀가 내 생각을 하지 않는다고 해서 내 감정이 틀린 건 아니다. 사랑은 두 사람이 동시에 느껴야만 존재하는 감정이 아니라, 한 사람의 마음 안에서도 충분히 자랄 수 있는 현상이다.

그녀의 무관심이 나를 상처 입히기도 했지만, 그 침묵 덕분에 나는 내 감정의 결을 자세히 들여다볼 수 있었다. 그녀의 말 한마디보다, 그녀가 남기지 않은 공백이 나를 더 많이 성장시켰다. 이제는 그녀가 나를 신경 쓰지 않아도 상관없다. 그녀가 아무렇지 않게 웃고, 그저 다른 사람과 일상을 나누고 있다 해도 괜찮다. 그건 내 감정의 진심을 훼손하지 않는다. 왜냐하면 이 긴 고찰의 끝에서 알게 되었기 때문이다.

사랑의 진짜 완성은, 상대의 응답이 아니라 그 침묵을 이해할 수 있을 만큼 단단해진 '나'에게 있다.

이제는 그 모든 순간이 고맙다. 그녀의 선택도, 나의 상처도, 나의 경험도 결국 나를 여기까지 데려온 과정이었으니까.

언젠가 그녀에게 기회가 된다면 전하고 싶다. 그 짧은 인연이 내게는 충분히 긴 선물이 되었다고.

그리고 그녀뿐만 아니라, 내 삶을 스쳐 간 모든 인연에게도 말하고 싶다. 우리의 경험은 비록 짧았지만, 각자의 자리에서, 각자의 방식으로, 각자의 매개체를 통해 진정한 나를 발견해 보자고.

당신에게는 그 매개체가 예술일 수도, 사람일 수도, 체험일 수도 있다. 형태는 중요하지 않다. 중요한 건, 그 속에서 당신을 만나는 것.

우리는 각자의 속도로, 각자의 길을 걷는다. 하지만 결국 모두 같은 곳을 향해 가고 있다.

진짜 우리 자신에게로.

그것이 우리의 예술이다.

나를 잃지 않는 풍요

나는 이제 감정의 여정을 지나 다시 현실로 돌아왔다.

사랑의 기억은 여전히 내 안에 있지만, 그건 이제 나를 붙잡는 감정이 아니라, 삶을 더 단단하게 만들어 주는 하나의 언어가 되었다.

사람들은 종종 말한다. 사랑은 결국 현실의 벽을 넘지 못한다고. 취향이 다르고, 가치관이 다르고, 삶의 방식이 다르면 오래가기 어렵다고.

나는 그 말에 동의하지 않는다. 진짜 사랑은 취향의 문제가 아니라 깊이의 문제다. 누군가는 비슷한 음악을 좋아해도 서로의 마음을 이해하지 못하고, 누군가는 전혀 다른 세상을 살아도 서로의 존재를 존중한다.

사랑은 같음으로 유지되는 게 아니라, 다름을 받아들이는 용기로 이어진다. 이제 나는 알고 있다. 세상은 결국 현실 위에 세워진 무대이고, 그 위에서 살아가는 일에는 돈, 목표, 성취가 모두 필요하다.

물질을 추구하는 건 나쁜 일이 아니다. 그건 단지 삶을 더 풍요롭게 경험하기 위한 도구일 뿐이다. 다만, 그 도구가 나를 지배하게 내버려두지 않는 것—그게 진짜 성숙의 차이다.
그녀가 한때 말했던 '취향의 차이'도 이제는 다르게 들린다. 그건 단절의 이유가 아니라, 사랑을 더 넓게 이해할 수 있는 계기였다. 취향은 다를 수 있지만, 서로를 향한 진심은 같을 수 있다.

그 사실을 깨닫게 해 준 인연이 있었기에, 나는 이제 삶에서도 더 깊고 단단한 사람으로 살아가고 있다.

나는 앞으로도 목표를 유지할 것이다. 더 나은 삶을 만들

 사랑의 끝에서 예술이 깨어나다

고, 내가 하고 싶은 일을 성실히 이어 갈 것이다.

그러나 이제는 그 속도가 남과 다르다고 조급해하지 않는다. 나의 부는 물질적인 것을 넘어서 내가 내 삶의 방향을 스스로 정할 수 있는 자유에 있다.

현실적인 사랑, 이상적인 사랑

이상적인 사랑은 현실을 무시하거나 초월하려는 꿈이 아
니다. 오히려 현실의 조건들을 솔직하게 인정하면서도, 그
위에 내가 추구하는 사랑의 결을 잃지 않으려는 태도에서 시
작된다.

사람과 사람 사이에는 언제나 차이가 있다. 그 차이는 때로
는 매력으로, 때로는 벽으로 다가온다.

하지만 중요한 건 그 차이를 이유로 나 자신을 낮추지 않는
일, 또는 사랑의 이름으로 누군가가 나를 함부로 대하도록 내
버려두지 않는 일이다.

　　　　　　　　　사랑의 끝에서 예술이 깨어나다

사랑이 깊어질수록 기준은 더 분명해져야 한다. 그 기준은 상대를 얽매기 위한 것이 아니라, 내가 어떤 존재로 관계 속에 머물고 싶은가를 잃지 않기 위한 것이다.

이렇게 나를 지키는 태도는 오히려 관계를 단단하게 만든다. 자신을 존중하는 사람을 가볍게 대할 수 있는 사람은 없으니까.

때로 우리는 조건이 맞지 않는 사람을 사랑하게 되고, 그 사랑이 가능할지 불안해한다. 하지만 간극이 크다고 해서 관계가 불가능한 건 아니다.

관계는 결국 두 사람이 서로에게 남기는 말의 온도, 행동의 결, 그리고 그 진동으로 움직인다. 내가 바라는 사랑의 방식과 나를 지키는 기준을 끝까지 일관되게 유지할 때, 그 진동은 상대에게 조용히 닿는다.

억지로 설득하지 않아도, 희생으로 붙잡지 않아도 된다. 그저 내가 되고 싶은 방향을 잃지 않는 것—그 자체가 이미 "이 사람은 스스로를 잃지 않는 관계를 원한다"는 메시지가 된다.

그 메시지는 종종 조건보다 더 큰 힘을 가진다. 서로의 간극을 천천히 좁히는 건 말보다 그런 진심일 때가 많다. 결국 사랑에서 중요한 건 조건의 일치가 아니라, 나를 잃지 않으면서도 서로의 세계가 겹쳐지는 지점을 찾으려는 두 사람의 태도다.

현실의 요구와 이상이 품은 갈망이 서로를 침해하지 않도록 균형을 맞추려는 그 과정 속에서만 우리는 비로소 사랑이 현실과 이상 사이의 틈을 천천히 메워가는 순간을 경험하게 된다.

그리고 어떤 관계에서는, 말보다 침묵이 더 많은 걸 말할 때가 있다. 상처를 주기 싫어서였는지, 아니면 자신의 마음이 들킬까 봐였는지 결정적인 순간마다 말 대신 물러나는 사람도 있다. 겉으로는 부드러운 배려 같지만, 그 침묵이 결국 상대에게 선택의 무게를 떠넘기기도 한다.

사랑을 지킨다는 이유로 스스로를 해치는 선택은 결코 사랑이 아니다. 말해 주지 않는 사람에게서 답을 찾아 헤매지 말고, 애매함 속에서 자신을 소모시키며 관계를 유지하려 하

　　　　　　사랑의 끝에서 예술이 깨어나다

지 말아야 한다.

누군가의 침묵 앞에서 마음이 흔들린다면, 그건 사랑의 증거가 아니라 경계를 세워야 한다는 신호일지도 모른다.

사랑이라는 이름으로 관계의 공백을 채우려는 순간, 우리는 사랑을 위한 사랑을 하게 되고, 그 안에서 가장 먼저 사라지는 건 '나'다. 사랑은 인생의 전부가 아니다. 오히려 인생을 통해 우리가 자신을 알아 가는 방식이다.

사랑이 중심일 수는 있어도, 그 중심 안에서 나 자신이 사라진다면 그건 더 이상 필요하지 않은 사랑일지도 모른다. 흔들리는 사랑은 대개 자신이 자신의 내면을 외면한 결과다.
　나중에 놓친 사랑을 후회한다면, 그것은 사랑을 잃은 게 아니라, 그때의 진실한 시선을 잃었던 것일지도 모른다.

에필로그

재미있게도 우리는 종종 묻는다.

"인생의 진리가 모두에게 똑같이 적용될까?"

나는 그 답이 '아니오'라고 생각한다. 그것은 진리가 달라서가 아니라, 우리 각자가 자신의 체험 위에 옳고 그름의 잣대를 세우기 때문이다.

우리가 "그르다"라고 말하는 순간, 그 말은 곧 제한이 된다. 그리고 그 제한이 어떤 경험을 막을지는 아무도 모른다.

인생과 사랑, 예술과 인간의 세계에서는 완벽한 정답이란 존재하지 않는다. 다만 우리가 서로를 이해하려는 시도 속에서 조금씩 완전함에 가까워질 뿐이다.

결국 인생이란, 모순과 불완전함 속에서 자신만의 진리를 빚어내는 과정이다. 나는 그 여정 속에서 사랑을 통해 나 자신을 이해했고, 이해를 통해 다시 사랑을 배웠다. 이제 나는 더 이상 완벽한 사랑을 찾지 않는다. 나는 그 사랑이 될 것이다.

이제 나는 여행자이다. 그리고 나의 세계를 스스로 창조하는 존재로 선다. 나는 더 이상 어딘가로 향하지 않는다. 그러나 여전히 길 위에 있다. 삶은 나를 시험하지 않는다. 그저 내가 나를 이해하길 기다릴 뿐이다. 때로는 길을 잃고, 때로는 멈추어 서서, 나는 나 자신을 다시 배워 간다.

나는 완벽한 답을 찾기 위해 걷지 않는다. 그 모든 관계와 현실의 문제 속에서 나만의 방식을 만들어 가며 살아간다.

이 모순 속에서 나는 단단해졌다. 길은 나의 거울이 되었고, 내가 걸은 자취는 곧 나의 세계가 되었다. 나는 그 세계를 사랑할 줄 아는 사람이 되었다.

나는 여전히 여행자이지만, 이제는 도착이 목적이 아니다. 걷는 순간마다, 나는 예술가로서 창조하고, 엔지니어로서 경험을 구현하며, 한 인간으로서 나의 삶을 살아간다.

사랑의 끝에서 예술이 깨어나다

이 책은 흔한 짧은 남녀 사이의 이야기로 시작했지만, 결국 나 자신과 인간의 본질을 배워 가는 여정이 되었습니다.

조그마한 감정에서 이제는 하나의 철학이 되었고, 삶을 이해하는 또 하나의 언어가 되었습니다.

이 글을 읽는 모두가 아무리 결과가 좋아도, 또 아무리 힘들더라도 그 본질을 잊지 않았으면 합니다.
사랑은 결국, 우리를 더 나은 인간으로 이끄는 또 하나의 예술이니까요.

감정이 정리된다고 해서 인간관계가 정리되는 것은 아닙니다. 아직 이해해야 할 것도 많고, 다짐을 지켜 가기 위한 여정을 계속해야 합니다.

그러나 이제는 압니다. 그 모든 감정이 헛된 것이 아니었다는 것을. 그 시절의 나를 만든 건 아픔이 아니라, 그 아픔을 바라보는 나의 태도였다는 것을요.
그래서 이 책을 누군가를 위해서가 아니라, 모두가 나아가기 위한 기록으로 남깁니다.

그리고 혹시 이 글을 읽는 당신이, 부디 마찬가지로 자신의 사랑을 통해 조금 더 단단해지고, 조금 더 아름다워지기를 바랍니다.

「모순의 필연성에 대하여」

글을 마무리하며 나는 깨달았다. 이 책 속의 사유들은 완벽하게 정리된 하나의 체계가 아니라, 감정과 이성, 이상과 현

    사랑의 끝에서 예술이 깨어나다

실이 부딪히며 만들어진 흔적들이다.

어떤 장에서는 물질을 경계하고, 또 다른 장에서는 그것을 긍정한다. 어디서는 사랑을 놓고, 또 다른 곳에서는 다시 붙든다. 그러나 그 모순은 내게 있어 오류가 아니라 성장의 증거다. 모순을 인정할 수 있을 때, 인간은 비로소 자신을 온전히 바라볼 수 있다. 진리는 단일한 둔장이 아니라, 모순을 포용할 만큼 넓어진 마음 속에서만 모습을 드러낸다.

나는 그 모순 속에서 나 자신을 다시 배웠다. 사랑도, 철학도, 결국 나를 이해하기 위한 또 다른 언어였음을.

「조화의 수양에 대하여」

그러나 동시에 나는 안다. 모순은 단지 머물러야 할 상태가 아니라, 조화를 배우기 위한 과정이라는 것을.

인간의 본성은 본래 선(善)하며, 그 온전함은 극단이 아닌 중(中)에서 드러난다.

내가 겪은 모순의 시간들은 결국 내 안의 질서를 되찾기 위한 배움이었다. 인간의 마음은 언제나 갈등과 충돌을 품지만, 그 모순을 자각할 때 비로소 중심을 찾는다. 그 중심은 특별한 무언가가 아니라, 우리 안에 흐르는 본래의 생명성이다.

그 생명성은 늘 나를 조용히 부르고 있었다—두려움 대신 사랑으로, 분리 대신 연결로 살아가라고.

진리는 멀리 있는 완벽한 이상이 아니라, 수많은 감정과 생각이 중화(中和)를 이루며 맑아지는 과정 속에서 드러난다.

모순을 인정하되, 그 안에서 질서를 회복하려는 노력—그것이 내가 배운 '존재의 철학'이다.

이 책은 나를 치유로 이끌었고, 아마도 앞으로의 나를 조금 더 빨리, 조금 더 깊게, 그 종점으로 이끌어 줄 작은 마법서가 될 것이다.

 사랑의 끝에서 예술이 깨어나다

이 책의 주인공은 이제 다음 행선지를 정하며, 다음 단계로
나아가고 있습니다.

물질적으로 풍족해진 우리는 '혐오의 시대'에 살고 있습니
다. 사람들은 각자 욕망을 숨긴 채, 보이지 않는 칼을 들고 살
아갑니다. 사각지대에서 서로에게 상처를 주고받으면서도,
그저 시스템 속에 순응하며 자기합리화로 하루를 버팁니다.

어떤 이들은 남을 해치지 못해 아파하고, 또 어떤 이들은
남을 해쳐서라도 자신의 욕망을 채우려 애씁니다.

주인공이 짧은 인연에 그토록 절절했었던 이유도, 우리 모두가 그렇듯—그 혼란 속에서도 진짜 마음, 진실된 인연을 찾으려 했기 때문이겠지요. 두려움은 많은 것들의 근원입니다. 우리가 느끼는 갈망도, 분노도, 심지어 사랑조차도 그 밑바닥에는 두려움이 있습니다.

그러나 인간이 성장한다는 것은, 결국 그 두려움을 인식하고 그것을 넘어서는 과정이 아닐까요.

이 글에 인연이 닿아 읽고 있는 당신에게, 이 책이 당신도 행복할 수 있다는 가능성의 씨앗이 되었으면 좋겠습니다.

그 씨앗이 당신 안에서 따뜻하게 자라나 자신만의 사랑과 행복을 피워내길, 그리고 그 속에서 진정한 인연을 가려낼 수 있길 바랍니다.

나는 압니다.

이 책을 덮은 후 대부분의 사람들은 다시 익숙한 하루와, 익숙한 자신으로 돌아가겠지요. 그것이 나쁘다고는 생각

          사랑의 끝에서 예술이 깨어나다

하지 않습니다. 삶은 결국 반복 속에서 단단해지는 것이니까요.

다만 그 반복 속에서도 이 한 가지 질문만은 잊지 않으셨으면 합니다.

"나는 지금, 내가 선택한 틀 안에 서 있는가? 아니면 여전히 누군가가 만들어 놓은 틀 속에서 그저 살아가고 있을 뿐인가?"

사랑의 끝에서 예술이 깨어나다

초판 1쇄 발행 2025년 12월 16일

지은이   서준혁
펴낸이   이기봉
편집   좋은땅 편집팀
펴낸곳   도서출판 좋은땅
주소   서울특별시 마포구 양화로12길 26 지월드빌딩 (서교동 395-7)
전화   02)374-8616~7
팩스   02)374-8614
이메일   gworldbook@naver.com
홈페이지   www.g-world.co.kr

ISBN   979-11-388-5160-2 (03810)